Aus der Zaubergilde verstoßen

Mein Neuanfang als königliche Hofmagierin

1

Artwork:
Yasuyuki Torikai
Story:
Shusui Hazuki · necömi

INHALT

... Magierin in die Hauptstadt?

Und? Gehst du als ...

Wir sind gleich alt.

Ich gratuliere dir auch, Luke.

Werde auch irgendwann so erwachsen wie ich.

Ach ...

Ich kehre aufs Land zurück.

Batsch

Hä?!

Obwohl du einen Abschluss an dieser berühmten Magieakademie gemacht hast?!

Gerade deswegen.

Ich gehe zurück, um mich um sie zu kümmern.

Für die Studiengebühren hat sich meine Mutter krumm gearbeitet.

Kapitel 1

Im Westen des Königreichs Adenfeld ...

... liegt ein malerisches Städtchen.

Zaubergilde Lavatia

Quietsch

Hallo, Noel.

Guten Morgen ...

Völlig fertig

Na gut.

Dann will ich auch heute ...

... mein Bestes geben.

Noel Springfield
(Herstellerin von magischen Gegenständen)

Hepp

Trotz meiner Erfahrung darf ich mich nur um simple Kristallkugeln kümmern.

Gwitt

Seit drei Jahren bin ich bei dieser Gilde, die magische Gegenstände herstellt.

... verleihe ich den Kristall-kugeln Magie.

Und jetzt ...

Kuller
コロ

Strahl

Plumps
すとんっ

Gut!

Zuerst ...

... muss ich mich mit Magie beschleu-nigen.

Bwoh

Spell Boost.

Ich passe auf, dass sie nicht kaputtgehen.

Ordentlich und genau.

Kuller

Jeder einzelnen von ihnen schenke ich meine ...

... geliebte Magie.

Was soll das ?!

Rumms

Zuck

Aber diese Gilde hat ein Problem ...

Ich liebe es, Magie bei der Arbeit einzusetzen.

Und jetzt stelle ich Massen davon her!

Schwupp

Schwupp

Du bist wie immer echt schnell, Noel.

Ich helfe Ihnen mit Heilmagie.

Boss, sind Sie in Ordnung?

Vielen Dank, Noel.

Geh ja nicht nach Hause, bevor alles fertig ist!

Wamm

Sie ist umgekippt.

Wieder eine ...

Das passiert ständig ...

Ist die zweite Person ...

Für die Tränke waren doch zwei eingeteilt ...

Viele meiner Kollegen sind krank geworden und haben gekündigt.

Täglich müssen wir Überstunden machen.

Wir erhalten nur den Mindestlohn.

Wie viele Tage arbeite ich jetzt schon ohne Unterbrechung?

Auf jeden Fall ist es eine dreistellige Zahl.

In der Königsstadt ist es ganz normal, dass Frauen Zauberberufe ausüben.

Aber in dieser ländlichen Gegend glaubt man noch, dass Frauen an den Herd gehören.

Außerdem gibt es in dieser Region so gut wie keine Arbeit für Magier.

... ich darf auf keinen Fall diese wichtige Arbeit verlieren.

Gwitt

Egal wie schlimm es hier noch werden mag ...

Noel.

Der Gildenmeister möchte dich sprechen.

Klack

Uwaaaah!

Ich werde auch heute mehr als mein Soll erfüllen.

Wusch

Wusch

1. Jahr

2. Jahr

3. Jahr

Du arbeitest hier schon drei Jahre.

Aber alles, was du kannst ...

... sind Kristallkugeln. Die kann jeder!

W... Wieso das denn?

Zitter

Zitter

Zitter

Ich kann mehr!

So eine unfähige Angestellte brauchen wir nicht.

Bamm

Bitte geben Sie mir eine Chance ...

Ich kann komplizierte Gegenstände herstellen!

Dein Ab-
schluss an
der Magie-
akademie
war doch
gelogen.

Das
kannst du
nicht!

Nichts-
nutz!

Schäm
dich!

Es
ist die
Wahrheit
...

Gnrk

E...

Es war
nicht
gelogen.

Du hast keinerlei Talent.

Gib die Magie auf und such dir andere Arbeit.

Plitsch

Oh
...

Drei ganze Jahre

...

Schaaah

Regen
...

Wie lange sitze ich schon hier?

Ich habe zwei-, drei-mal so viel gearbeitet wie andere.

Ich habe mich so sehr be-müht.

Ich habe alle Aufgaben erledigt, die sonst nie-mand machen wollte.

Ähem

Wenn ich dich einstelle, bin ich geliefert.

Das hat mir der Sohn des Bürgermeisters angedroht.

Woher kennen Sie mich?

w...

Wieso muss mir das passieren?

Das ist doch ...

Der Sohn des Bürgermeisters?

ぶるる
Zitter

ぶるる
Zitter

... der Gildenmeister!

... darum hasst er Absolventen.

Die hiesige Magieakademie hat ihn abgelehnt ...

Tut mir leid.

Bamm

Deshalb können wir dich nicht einstellen.

Dann kann ich ...

Der Gildenmeister hatte so was schon angedeutet.

Egal wo ich mich bewerbe ...

Tapp

... einen Job machen, bei dem Magie gebraucht wird?

... nie mehr ...

Das ist ...

Das ist so ...

Gnrk

25

Padamm

Diese Groß-mäuler.

Denen zeige ich's!

Hier.

Danke fürs Warten!

Na?

Gibst du schon auf? Das ging aber schne...

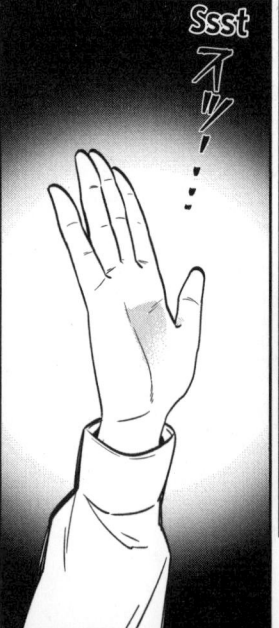

Ssst

Gib dein Bestes.

Davon wirst du groß und stark.

...

28

Ich möchte auch noch Dessert.

Puh.

?!!

Leer

Wie macht ihr Magen das mit?!

Wer ist das Mädchen?

Juhu!

Schnatter

Schnatter

Hier, dein Mega-Pudding.

Die Monster-portion hat schon viele geschafft, aber sie hat sie einfach verdrückt?

Nehmt das, ihr Schwätzer!

He he

Hn

Patt

... war ich durch meine Kräfte die absolute Meisterin!

Beim Ess-wettbewerb in der Akade-miezeit ...

Flapp

Du bist ja immer noch die Alte.

Wie?

Luke?!
Du?!

L...

Was
machst
du denn
hier?!

Katam

... in
diesem
kleinen
Körper?

Wo bleibt
das ganze
Essen
...

Können
wir wo-
anders-
hin ge-
hen?

Du
erregst
hier zu
viel Auf-
sehen.

Noel,
ich
muss
mit dir
reden.

Ich werde dich Hunderte oder gar Tausende Male plattmachen!

Luke war ein starker Gegner. Bei den Tests lagen wir abwechselnd vorne.

Er war unerträglich. Der Musterschüler war nur Fassade.

Doch dann änderte sich unser Verhältnis.

Du hast eine schwierige Prüfung bestanden.

Krass!

Wie?! Luke?!

Ah!

Ja! Es stand in der Zeitung!

Wusstest du, dass ich königlicher Hofmagier bin?

Ränge der Hofmagier

Magus
Adamantium
Mithril
Gold
Silber
Bronze
Rubin
Smaragd
Obsidian
Porzellan

hoch

niedrig

Na dann...
Weißt du auch von dem Genie, das als jüngster Hofmagier auf Adamantium-Rang aufgestiegen ist?

Ja!

Das war bestimmt Thema Nummer eins in der Hauptstadt.

Selbst hier wurde darüber geredet.

Glück-
wunsch
...

... Luke!

Trän

Gnarz

Noel.

Erzähl
mir, was
los ist.

Huch?

Warum
weine
ich?

Der Typ hat keine Ahnung.

Nein.

Ich bin überrascht ...

... und lechze fast nach Blut.

Patsch

Hältst du mich jetzt für kleinlich?!

Ich meine nicht meine Größe.

Hach.

Danke fürs Aufmuntern.

Pft

Das habe ich ernst gemeint.

Königreich Adenfeld
Königlicher Palast

Ich zeige dir alles.

Willkommen bei den königlichen Hofmagiern von Adenfeld.

Die kleine Schwester?

Ein Kind?

I...

Ich fasse nicht, dass ich hier bin ...

Gwiiieh

Wir treffen nun den Personalleiter Marius.

Zwar habe ich im Adamantium-Rang freie Partnerwahl ...

... aber ihm passt nicht, dass du keine Erfahrung hast.

Hmpf

Du bist das?

Wupp

Ach!

Schön, Sie kennenzulernen!

Ist dies ... ein Übungsraum?

Überzeuge mich von deinen Kräften.

Sonst können wir dich hier nicht aufnehmen.

Klack

Genau.

Hä?!

Noel muss für die Aufnahme einen Test machen?

Wand und Messkugel bestehen aus demselben Material.

Dadurch kann die Magie eines Anwärters eingeschätzt werden.

Der Test misst die magischen Fähigkeiten.

Diese Wand sieht stabil aus.

Ein Loch?!

Wäre das erlaubt?!

Hä?!

Wenn du ein Loch in die Wand machst, hast du bestanden.

Du schaffst das sicher.

Als königlicher Hofmagier ...

... müsste man das schaffen, oder?

Ja.

Nur wenige Menschen können königliche Hofmagier werden.

Selbst ein Genie ...

... erreicht diese Höhe nur mit Mühe.

Deshalb ...

Sst

... ist klar, dass diese Wand so hoch ist!

Wusch

Ich habe viel Zeit und Fleiß darin investiert.

... um weiter Magie zu studieren.

Trotz der Arbeit habe ich auf Schlaf verzichtet ...

D...

Das war's!

Hn

Wupp ぴょんっ

Wupp ぴょんっ

Ich hab's geschafft, Luke!

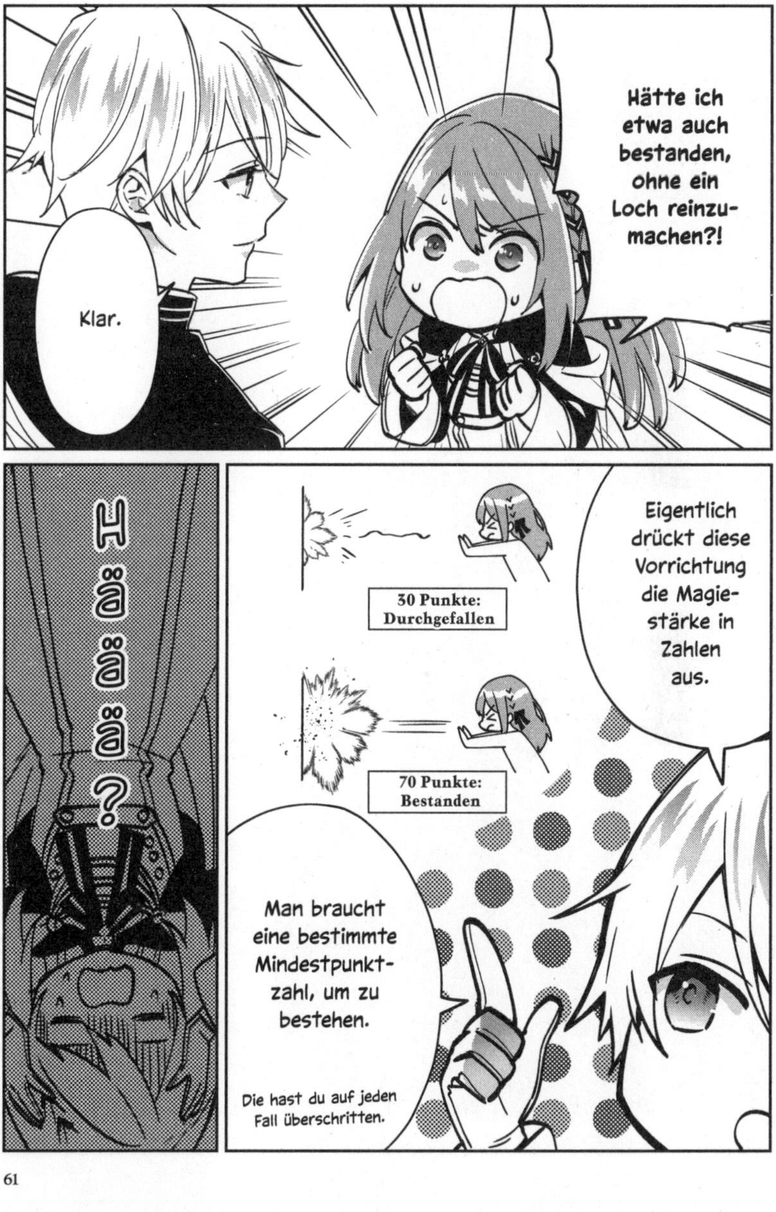

Hätte ich etwa auch bestanden, ohne ein Loch reinzumachen?!

Klar.

Hääää?!

Eigentlich drückt diese Vorrichtung die Magiestärke in Zahlen aus.

30 Punkte: Durchgefallen

70 Punkte: Bestanden

Man braucht eine bestimmte Mindestpunktzahl, um zu bestehen.

Die hast du auf jeden Fall überschritten.

Dann habe ich also für Ärger gesorgt?

Bestimmt legt sich die Aufregung schnell wieder.

Unfassbar...

Wie?! Da ist ein Loch?!

Was war das für Krach?

Plapper

Plapper

Die meisten königlichen Hofmagier könnten der Wand nicht mal einen Kratzer zufügen.

Der Prinz?!

Oje-oje

Glückwunsch. Ab heute bist auch du hier eine Berühmtheit.

... kennt jetzt wohl auch Seine Hoheit der Prinz deinen Namen.

Aber am Hofe ...

In den Gebieten ringsum hausen Monster.

Königreich Adenfeld

Adenfeld ist auf dem Westkontinent in Sachen Magie die Nummer eins.

Königreich Adenfeld

●Hauptstadt

Das Können der Magier ist hier auf dem höchsten Niveau.

Jene Magier werden von allen bewundert.

Sie sind ...

Und unter diesen besten Magiern gibt es eine Elite.

Kapitel 2

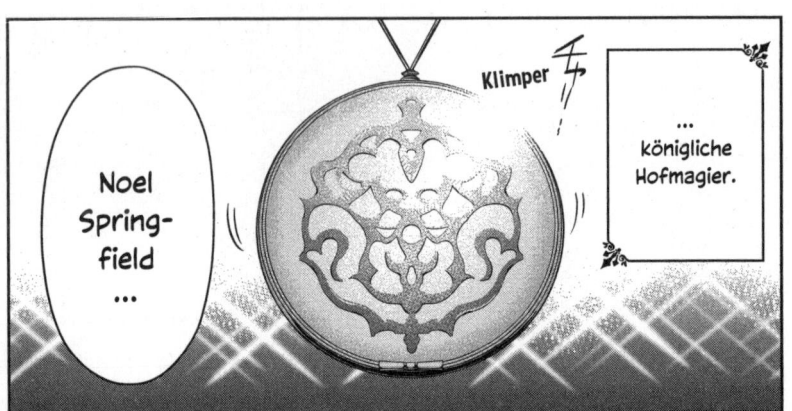

Noel Spring-field ...

Klimper

... königliche Hofmagier.

So eine wollte ich immer haben.

Ohoooo

Jetzt habe ich eine.

Eine goldene Uhr mit meinem Namen.

Noel Sp...f...

Der Beweis, dass ich königliche Hofmagierin bin!

Pling

Stolz

Fwapp

Hoppla.

Oh nein. Der Vertrag.

Ich hab's übertrieben.

Aaaah!

Toll! Klasse!

Sie ist echt!

Flatter

Es ist wirklich unglaub-lich.

Was für ein vorbild-licher Ar-beitsplatz.

Feste Arbeitszeiten

Sozialprogramm

Luke!

In was für Ver-hältnis-sen hast du gear-beitet?

Das ist doch ganz normal.

Nein.

Das reicht.

Ich hatte eine dreistellige Zahl von Arbeitstagen ohne freien Tag.

Überstunden waren unbezahlt und unbegrenzt.

Wie?

Nun ja ...

Meine Kollegen waren mehr tot als lebendig.

In dem Fach warst du echt mies.

Das stimmt!

Ich bin sogar einmal durchgefallen.

Aber ich bin überrascht.

Du hast Gegenstände mit Magie versehen.

Bamm

Aaah!

Die Göttin der Zerstörung ist am Werk!

Wenn man zu viel Magie hineinsteckt, zerbricht der Gegenstand.

Du wurdest als Göttin der Zerstörung gefürchtet.

Aber wieso ...

... hast du eine Arbeit gemacht, die dir nicht liegt?

Der Spitzname klang voll stark, ich habe mich darüber gefreut.

Du hast dich darüber gefreut?

Ach was.

Es gab kaum Jobs für Magier.

Hrmpf

So konnte ich ...

... als Magierin weiter wachsen.

Aber weil ich Magie liebe, wollte ich einen machen.

Kicher

W...

Wirk-lich?!

!

Verstehe. Deswegen ist deine Magie ge-wachsen.

Ich würde meine Rivalin nie anlügen.

Wirk-lich.

Dadurch wurde ich gut in Erholungs- und Unter-stützungs-magie.

Ich habe so einen öden Job gemacht, der mir nicht lag.

Das freut mich!

Dann war die Zeit also nicht ver-schwendet ...

72

... aber jetzt geht er doch weiter.

Ich dachte, dass mein Traum an jenem Tag ausgeträumt war ...

Vielen Dank, dass du mich an den Königshof ...

... mitgenommen hast.

Luke!

Waaah

Ich weiß, warum sie in letzter Zeit besonders erfolgreich war!

Ach ja?

Klack

Da bist du ja, Luke!

Was ist?

Huch?

Nichts. Ähm, diese Zauber-gilde!

Und ist das die Kleine, von der alle reden?

Auf seiner Uhr ist ein ...

Ah

... Stein der Weisen?!

Dann ist er einer von nur sieben ...

Magus
Adamantium
Mithril
Gold
Silber
Bronze
Rubin
Smaragd
Obsidian
Porzellan

... Hofmagiern auf Magus-Rang!!!

Du bist winzig, aber hast echt was drauf, Kleine!

Ha ha ha

Ha ha ha

Wer hätte gedacht, dass noch jemand außer mir beim Test die Wand zerstört.

Noel, das ist ...

I...I...I...

Ich weiß das natürlich!

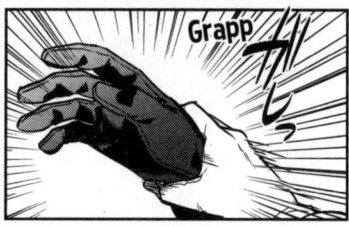

Grapp

Meine Partnerin ist kein Kind.

Ähm ...

Kann ich ein Autogramm haben?

Hier auf dem Umhang!

schluck

Huch?

Du wirst ihn häufig treffen.

Er ist unser Vorgesetzter.

Halt mich nicht auf!

Das ist vielleicht meine einzige Chance.

Hör auf damit!

Ach so ...

Das ist unfassbar.

Du hast da ja eine lustige Gestalt mitgebracht, Luke!

Habe ich es nicht gesagt?

Ich habe die Person gewählt, gegen die ich nicht gewinnen konnte.

Ich war verwundert, dass du einen Partner von außerhalb wolltest.

Das liegt an ihrer Dummheit.

Warum lief so jemand einfach da draußen rum?

Ich hatte niemanden auf so hohem Niveau erwartet.

?!

Ganz genau.

Du.

Wer ist hier dumm?!

Ha ha. Ihr seid wohl gute Freunde.

Und als deine Partnerin gehört sie auch zu uns?

Ja.

Sie ist Teil der 3. Einheit.

Ach ... Das ist ungewohnt, Luke.

Hm ... Hmm ... Das ist jetzt doch etwas peinlich ...

Begrüßungsfeier

All-you-can-eat

Wie?!

Das Übliche?

So was macht er immer mit Neuen.

Gruppenführer Gawain misst sich gern mit anderen.

Bwutsch

Dann sollten wir zur Begrüßung wohl das Übliche machen?

Ein Magie-
Kampf. Wer
60 Sekunden
übersteht,
hat bestan-
den.

Eine
Feuer-
probe
der
Hölle.

»Blu-
tige 60
Sekun-
den«.

W...

Wie-
so das
denn?

Plapper

Ich
dachte,
sie wäre
größer.

Aber
dieser
Winzling?

Die ist
ja noch
ein
Kind.

Hey, Gawain
macht seine
»Blutigen 60
Sekunden«!

Trappel

Plapper

Wer ist
hier
...

ein
Kind?!

Etwa
gegen die
Neue, die
die Wand
zerstört
hat?!

Trappel

Sag mal.

Plapper

Wenn du bestehst, bekommst du eine Belohnung.

Das ist normal.

Sind das nicht viel zu viele Zuschauer?

Ist das hier immer so?!

Plapper

Stolz

Ich? Ich habe natürlich bestanden.

Du eingebildetes Genie ...

Wie lief es bei dir, Luke?

Leider besteht so gut wie niemand.

Booomm

8 Sek.

3 Sek.

Wie?!

Ein teures Steak?!

Als Belohnung gab es ein teures Steak.

Bwumm

Motivationsbalken

100

0

Mein Gegner ist einer von nur sieben Magiern auf Magus-Rang.

A... Aber ...

Magus
Adamantium
Mithril
Gold
Silber
Bronze
Rubin
Smaragd
Obsidian
Porzellan

Pomm

Alles gut.

Seit dem Akademieabschluss hatte ich kein Magieduell mehr und könnte niemals gewinnen ...

Dann muss auch ich ...

Klimper

... an mich glauben.

Ich darf jetzt nicht schwächeln.

Gnarz

Genau!

Luke glaubt an mich.

Flare Blast!
Bamm
?!!
Bamm
So schnell konnte ich die Zauber-formel nicht sehen.
War das etwa ein stum-mer Multi Cast?!
Magic Barrier!

Ich kann
mit Mühe
und Not
einen Treffer
vermeiden.

Er ist
auf einem
völlig anderen
Level!

Der Gedanke,
60 Sekunden
gegen so ein
Monster beste-
hen zu müssen,
macht mich
ganz verrückt.

Aber ich
könnte
...

Wenn ich komplett erschöpft war, könnte ich die Hilfsmagie nutzen, um Termine einzuhalten.

En-hance!

Die Zau-berformeln dafür...

Mana Boost!

Mana Charge!

... könnte ich selbst im Schlaf akti-vieren.

...

zwischen den wilden Angrif-fen Hilfsmagie aktivieren.

Schließlich bin ich darin gerade am besten.

Will Gawain seine Feuermagie mit Hilfsmagie erhöhen?

Ich verstehe.

Grins

En- hance!

Mana Boost!

Dann werde ich die gleichen Unterstüt- zungszauber einsetzen.

Mana Charge!

Sollten wir ihn nicht aufhalten?!

Das kann ins Auge gehen!

Ich hatte schon mal einen Gegner, der einen stummen Multi Cast verwendet hat.

Mein Körper kann auf die wilden Attacken von Gawain reagieren.

Ich kenne diesen Kampfstil.

Huch?

Er gab nicht auf und forderte mich immer wieder heraus. Mein Freund und Rivale.

Er ärgerte sich, weil er immer gegen mich verlor.

Es stimmt.

Ich weiß, dass du es schaffst.

... hat mir Kraft ...

... und vor allem Mut gegeben.

Dass wir damals gegeneinander kämpften ...

Ich kann es sehen.

Bodomm

Jetzt ...

... kann ich einen Gegen- angriff wagen.

Wind Blast!!!

Das ist zu viel.

Sie kann kaum noch stehen.

Grins

In der Zaubergilde auf dem Land hat man mich nutzlos genannt.

Schau genau zu, Luke.

Ich zeige dir, dass du damit richtiglagst.

Halte sie auf.

Das ist übel.

Obwohl ich dort nicht arbeiten durfte, hast du an mich geglaubt.

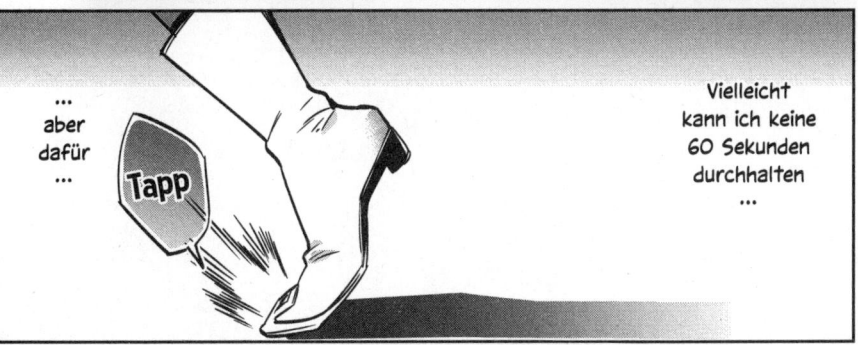

... aber dafür ...

Tapp

Vielleicht kann ich keine 60 Sekunden durchhalten ...

Booomm!!!

Sst
ス''

Haah

Haah

Flupp

Danke.

Ich muss mich auch bedanken.

Es hat Spaß gemacht.

Zupp

Ich habe lange bei keinem Gegner mehr Ernst gemacht.

Waaah

Sie hat bestanden.

60 Sekunden sind um.

Wir haben ein Ergebnis, das reicht.

Schwusch

Patsch

Klasse!

Auf zur zweiten Runde.

Du hast ja wirklich bestanden!

Du bist toll, Neue!

Hngh

Dabei geht doch der Spaß jetzt erst los! Hey, Luke!!!

Schieb

Schieb

Waah

Men-no.

Aber mein Sieg war lockerer.

Ja-ja.

Du bist immer noch echt stark.

Geschafft!

Hast du das gesehen, Luke? Ich habe auch bestan-den!

Hi hi

Ein interessantes Schauspiel.

Kennst du ihren Namen?

Ja.

Das ist Noel Springfield ...

... Hoheit.

Aus der Zaubergilde verstoßen

Mein Neuanfang als königliche Hofmagierin

Kapitel 3

Bamm

E...

Es ist schrecklich, Gildenmeister!

Was ist, Stellvertreter?

Zaubergilde Lavatia

Noel Springfield, die bis vor Kurzem hier gearbeitet hat ...

... ist anscheinend königliche Hofmagierin geworden!

Was?!

Hmpf! Sie ist mir völlig egal!

Dann war sie wirklich an der berühmten Magieakademie?!

Dieser Nichtsnutz? *Gnrk*

... ein Angebot von der berühmten Oswald Handelsgesellschaft erhalten.

Unsere Gilde hat gerade ...

Sie handelt nur mit den feinsten Waren.

Oswald Handelsgesellschaft

Daher wäre ein Vertrag mit ihr für unsere Zaubergilde die größte Ehre.

Die Oswald Handelsgesellschaft?!

Die größte Handelsfirma des Königreichs?!

Keine Sorge.

Na und?

Tamm

Aber durch den Deal wird der Personalmangel größer.

Hmpf

Hervorragend, Gildenmeister!

Leute aus gutem Hause haben immer Erfolg.

... um die Kosten zu senken und die Gewinne zu steigern.

Das ist das Fundament unseres Geschäfts!

Gluck

Gluck

Gluck

Gluck

Gluck

Wir werden das Maximum aus der Belegschaft rausholen ...

Ha ha ha ha

Das konnte selbst diese Noel Springfield.

Ganz genau.

Jeder kann Kristallkugeln herstellen.

Aber die Oswalds haben kein gutes Auge.

110

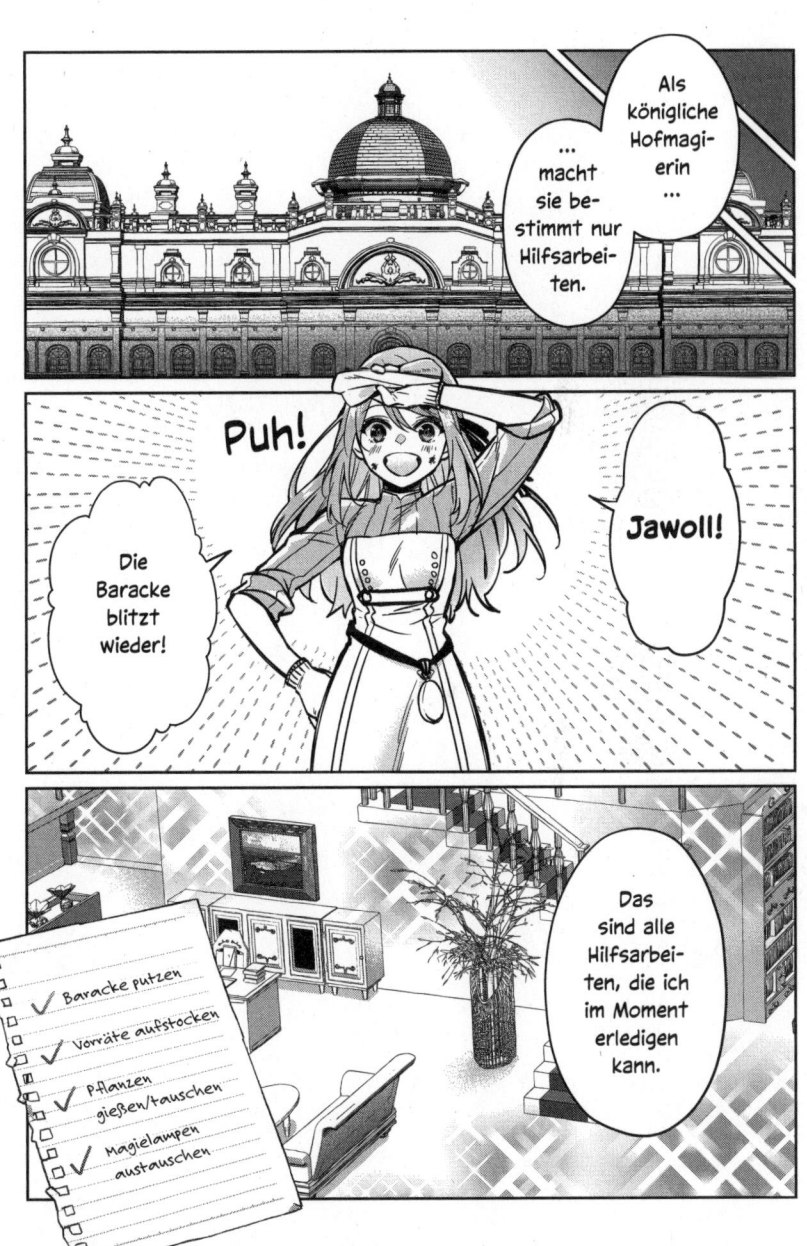

Bei meinem letzten Job wurde mir davon ganz schwindelig.

Ich kann mich nicht schnell genug erholen und möchte heim!

Spell Boost, Spell Boost, Spell Boost, Spell ...

An einem neuen Arbeitsplatz gibt es viel zu lernen.

Hier habe ich feste Arbeitszeiten.

Dies ist ein guter Arbeitsplatz.

Bezahlter Urlaub

Feste Arbeitszeiten

Flapp

1. Einheit
Dieses Amt hält die Magiegemeinschaft des Reichs zusammen.

2. Einheit
Zuständig für Heilmagie und entsprechende Pflege.

Die königlichen Hofmagier bilden eine der höchsten Organisationen im Königreich.

Wir gehören zur 3. Einheit.

3. Einheit
Unsere Aufgabe besteht größtenteils im Schutz der Hauptstadt und des königlichen Palastes.

4. Einheit
Zuständig für Rechtsfragen, die mit Magie zusammenhängen.

5. Einheit
Entwicklung und Herstellung von Magietränken.

6. Einheit
Registrierung und Herstellung von magischen Gegenständen.

Daher unterstützen viele von uns andere Abteilungen.

Wir befinden uns in der Nebensaison, in der die Monster eher ruhig sind.

Ich möchte gerne mit den anderen Abteilungen reden.

Diskussionen über Magie ...

Hoppla.

Du bist früh dran, Noel.

Tapp

Guten Morgen.

Leticia Risettastone

Vizeleiterin der 3. Einheit Königliche Hofmagierin auf Adamantium-Rang

Leticia wirkt auf den ersten Blick so cool. Ich bewundere sie sehr …

Ich möchte irgendwann so wie sie werden.

Du bist aber motiviert.

Guten Morgen!

Hm?

Noel?

Wenn ich Adamantium-Rang erreiche, werde ich sicher auch …

Nein!

Ich liebe es, Magie zu lernen und zu trainieren!

Ich möchte noch viel mehr machen!

Die Aufgaben einer Hofmagierin sind langweiliger, als du dachtest, oder?

Größtenteils Schutzaufgaben und Training.

Außerdem …

Ja!

Über-
treib
aber
nicht.

Ich darf die
königliche Bibliothek
nutzen.

...
bekomme
ich auch
noch Geld
dafür.

Ich
bin über-
glück-
lich.

Es gibt die
neusten Zauber-
gegenstände.

Es gibt eine
erstklassige
Ausstattung.

Gnarz

Genau des-
halb fühle
ich mich
unsicher
...

Darf ich
hier denn
überhaupt
arbeiten?

Dieser
Arbeits-
platz ist
eigentlich
viel zu gut
für mich.

...

... und hier kann es genauso enden!

Bist du wirklich so nutzlos?

Du bist ein Nichtsnutz.

Komm morgen gar nicht erst wieder.

Das will ich auf keinen Fall!

Alle anderen königlichen Hofmagier gehören zur Elite.

An meinem letzten Arbeitsplatz war ich verzichtbar ...

Es ist so weit.

Ach. Stimmt.

Noel, könntest du ...

... beim Sortieren helfen?

Und daher habe ich mir einen Plan überlegt.

Bomm

Schon erledigt!

... großer Hilfsarbeiten-Plan!

Meinen Plan, mich unentbehrlich zu machen ...

... nenne ich ...

Es ist ein psychologischer Trick, damit ich schwer zu feuern bin!

Alle sollen denken, dass es furchtbar wäre, wenn ich fehlen würde.

Ich werde durch Hilfsarbeiten, die keiner mag, Punkte sammeln.

Wie?

Alle.

Huch? Welche Kiste hast du denn sortiert?

Nein. All diese Kisten hier.

...

Ach, etwa die da ganz oben?

Huch?

Gibt es etwa noch mehr?!

Ich kümmere mich sofort darum!

Schon gut. Das waren alle.

Vielen Dank für deine Hilfe.

Dapp

Wenn man für die Arbeit ...

... Worte des Dankes erhält ...

... macht einen das so froh?

Vielen Dank.

Poch

Auf diese Weise werde ich noch weitere Punkte sammeln.

Ich werde zu einer unentbehrlichen Angestellten!

Gnarz

...

Hmpf Hmpf

La la

La la

Sie sieht wie ein Kind aus.

Ich dachte, dass es dauern würde ...

... bis sie sich an das hohe Niveau der Hofmagier gewöhnt ...

Die Neue ...

... heißt Noel Springfield.

Wusch

Ihre Geschwindigkeit und Beschleunigung sind atemberaubend...

Ich weiß, dass der Grund für die Schnelligkeit der »Spell Boost«-ist.

Aber sie arbeitet sehr schnell.

Sag mal, Noel.

Wie kannst du überhaupt so viel Arbeit erledigen?

»Spell Boost« kann man doch immer nur kurz einsetzen, oder?

... aber bei ihr scheint es kein Ende zu geben.

Selbst auf Adamantium-Rang kann man »Spell Boost« maximal zehn Minuten nutzen ...

Ach!

Das ist gar kein Problem für mich!

Ich kann »Spell Boost« bis zu acht Stunden verwenden.

Wie bitte?

... aber so konnte ich es immer länger einsetzen!

Sieben Mal bin ich bewusstlos geworden ...

Ich habe es jeden Tag wieder eingesetzt.

Aber ich musste das Soll erfüllen ...

Zuerst waren fünf Minuten die Grenze.

Das war wirklich hart.

Ich erinnere mich kaum daran, was ich die letzte Stunde gemacht habe ...

Nun ja.

Als ich es acht Stunden eingesetzt habe, hätte mich das fast umgebracht.

In was für schrecklichen Umständen hat sie nur gelebt?

In so einer Welt kann man doch gar nicht überleben.

Ein Umfeld, in dem sie über mehrere Stunden eine schwierige Hilfsmagie aufrechterhalten musste?

Ist sie etwa ...

... die Schülerin eines alten Weisen aus dem Altertum?

Realität

Häää?

Das fünffache Soll in der Hälfte der Zeit!

Es gab eine große Bestellung!

Sie muss Schlimmes durchgemacht haben ...

Ein »Spell Boost« über acht Stunden ...

Dann würde alles Sinn ergeben.

Das könnte sein.

Wenn du Probleme hast, sag es mir, ja?

Ich muss nett zu ihr sein ...

?

Noel.

Sicherlich hat das Narben auf ihrer Seele hinterlassen ...

Pomm

!!!

Ah. Möchtest du ein paar Kekse?

Königliche Hofmagier
Pausenraum

Ich mache eigentlich nur normal meine Arbeit ...

... aber sie lobt mich sehr.

Weißt du?

Leticia ist superlieb zu mir.

Hngh

Haaach

Ich mag Leticia sehr.

Und sie hat mir leckere Kekse gegeben.

... aber du lenkst deine Gefühle in eine andere Richtung ...

Dabei bin ich ganz in deiner Nähe ...

Klacker

126

Ich möchte auch auf den Ball gehen.

Meine Güte.

Das weiß doch wirklich jeder!

Hmpf

Ach? Du kennst dich ja aus.

Als Kinder wollten wir alle auf diesen Ball.

Ich arbeite wirklich an einem tollen Ort ...

Genau!

Da hast du recht.

Ich dachte, dass du eher Magierin als Prinzessin werden wolltest.

Und er ...

... findet hier im Palast statt.

Ganz in meiner Nähe findet der Ball meiner Träume statt.

Als meine Partnerin wirst du daran teilnehmen, Noel.

Hääääh?!

Weil die Königsfamilie den Ball ausrichtet ...

Sst

... wird für die Sicherheit der Anwesenden der bestmögliche Schutz benötigt.

Um die Stimmung beim Ball nicht zu trüben ...

... werden möglichst wenige auffällige Ritter positioniert.

Und um das auszugleichen ...

Hui

Eine elitäre
Auswahl
...

Ball
...

Hui

Es geht
nicht!

Ich bin
doch auf
Porzellan-
Rang!

Als
meine
Partnerin
hast du
das Recht
darauf.

Außer-
dem
...

...
wird
neben den
königlichen
Rittern
...

...
eine elitäre
Auswahl der
königlichen
Hofmagier
verdeckt
teilnehmen.

E... Echt jetzt?

... überstanden. Dadurch wurde deine Stärke bestätigt.

... die »Blutigen 60 Sekunden« ...

... hast du die Wand zerstört und ...

Du bist schon eine kleine Berühmtheit.

Stolz

...

Dürfen an dem Ball denn nicht nur die adligsten Adligen teilnehmen?

Ach!

Aber ich bin doch eine Bürgerliche.

Was hast du getan?!

Gruselig! Ich will es lieber gar nicht wissen!

Umdreh ᒣᗳᘉ

... aber ich habe so einiges dafür in Bewegung gesetzt.

Das mag schon sein ...

Es gab einige, die Einwände hatten ...

In vielen Ländern gibt es interne politische Machtkämpfe.

Trotz aller Vorsicht kann es einen Angriff geben.

Aber vor allem ist dies eine große Chance.

Eine Chance?

Hast du gehört, dass es vor ein paar Tagen ein Attentat auf den Prinzen eines Nachbarlandes gab?

Ich mag etwas aggressiv vorgegangen sein, aber deine Kampfkraft wird dort benötigt, Noel.

Ja.

Wenn wir bei dem Ball einen An-schlag vereiteln ...

... und den Täter fassen können ...

... komme ich meinem Ziel nä-her, als jüngs-ter Magier auf Magus-Rang aufzustei-gen!

... haben möch-te.

... das ich unbe-dingt ...

Eigentlich nicht. Aber es gibt etwas ...

Willst du unbedingt berühmt werden?

Dafür muss ich der oberste Magier des Königreiches werden.

Gnarz

... brauche ich unbedingt solch eine Macht.

Um mich über die Pläne meiner Familie und meines Umfelds hinwegzusetzen ...

Es ist mir so wichtig, dass ich dafür alles andere aufgeben würde.

Doch genau diese eine Sache kann ich nicht so leicht bekommen.

So etwas ist es.

Für mich wäre das die Magie.

Etwas, das wichtiger als alles andere ist ...

Sie ist mir so wichtig, dass ich sie niemals aufgeben möchte.

... aber im Grunde hat er ein gutes Herz ...

Er ist dreist und spielt mir gerne Streiche ...

Hngh

... wird dir diese Neue hier helfen!

Luke, bei deinem Traum ...

Na gut!

Bamm

Was ist dir so wichtig?

Etwa ein legendäres Schwert oder so?

Aber was ist es?

Hä?!

Na gut. Es wird Zeit, zurück an die Arbeit zu gehen.

Jetzt will ich es aber wissen!

Verrate mir bitte, was es ist!

Aus der Zaubergilde verstoßen

Mein Neuanfang als königliche Hofmagierin

Der Ball
der Schar-
lachroten
Rose.

Nur der
Hochadel und
Prinzessin-
nen aus den
Nachbarlän-
dern dürfen
teilnehmen.

Es gibt ihn
seit über hun-
dert Jahren. Es
ist die traditi-
onsreichste und
größte Tanzver-
anstaltung des
Reiches.

Häää?!

Noel, du wirst ...

... am Ball der Scharlachroten Rose teilnehmen?

Beim Ball der Scharlachroten Rose ...

Klacker

Ich war auch überrascht.

Happ

Happ

Ja, ganz genau, Mama.

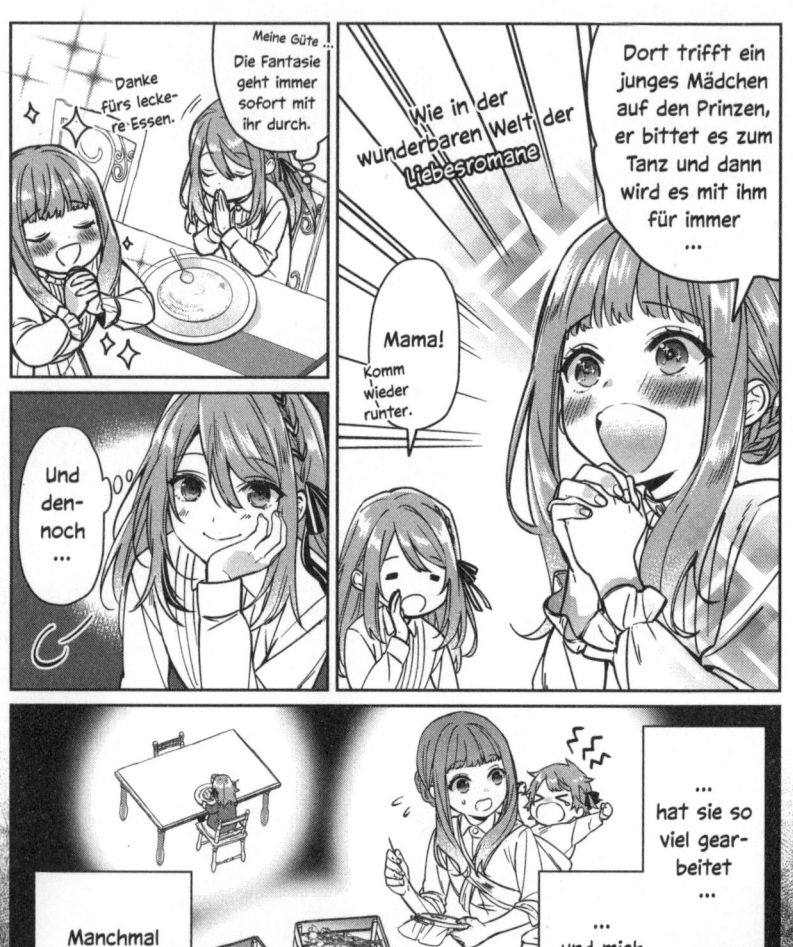

Danke fürs leckere Essen.

Meine Güte ...
Die Fantasie geht immer sofort mit ihr durch.

Wie in der wunderbaren Welt der Liebesromane

Dort trifft ein junges Mädchen auf den Prinzen, er bittet es zum Tanz und dann wird es mit ihm für immer ...

Mama!
Komm wieder runter.

Und dennoch ...

... hat sie so viel gearbeitet ...

... und mich trotz allem ganz alleine großgezogen.

Manchmal fühlte ich mich auch ein wenig einsam.

Überlass das ein-fach deiner Mama!

Aber auch wenn ich manchmal einsam war, bin ich ihr ...

... tau-send-fach für alles dank-bar.

Ich bin froh, mit dir in der Hauptstadt zu sein.

Hi hi

Wie?

Was hast du plötzlich?

Mhm

Ich muss mich anstrengen, damit Mama es leichter hat.

Wegen der Arbeit in der Zauber-gilde warst du kaum zu Hause, Noel.

Erst warst du im Wohn-heim der Akademie ...

... aber weil ich krank wurde, bist du zurück aufs Land gekom-men.

Gluck Gluck

Aber dass wir ...

Es war wirklich schwer mit anzusehen, wie du meinetwegen geschuftet hast.

... jetzt gemeinsam essen ...

Trän
うるる...

... und dass du so viel Spaß auf der Arbeit hast ...

Mama ...

... macht mich glück-lich.

Mensch.
Ich muss mich doch auf die Arbeit kon-zentrieren!

Aber wenn ich gierig sein darf ...
Wenn du auf dem Ball einen tollen Mann triffst, macht mich das noch glücklicher ...

Wie werden meine Enkel aussehen?

Kapitel 4

Waaah

Warum bewegst du dich wie ein Fisch an Land?

Noel ...

Wir üben für den Ball.

Das ist meine elegante, feine Tanzhaltung!

Aber wir hatten Tanzunterricht an der Akademie.

Mag sein ...

Als Bürgerliche kenne ich so etwas nicht!

Das lässt sich nun mal nicht ändern!

Tja, das hatte ich mir schon gedacht.

Die Serviette trägt man nicht auf dem Kopf ...

Schlürf

Springfield!

Test ohne Magie

Wenn ein Fach nichts mit Magie zu tun hatte ...

Ich habe mich auf meine Art schon angestrengt.

Soll das Tanz sein?

Tschatscha

Tschubamm

... hattest du kein Interesse daran und schlechte Noten.

Hör auf damit!

Ich war als »Stärkste im Westen« bekannt.

Ja!

Das bin ich.

Du bist doch sportlich.

Warum also?

Das passt.

Hmpf

Ja!

Ich bitte darum!

Also dann.

Ich sorge dafür, dass du es hinbekommst.

Los.

151

Ich habe es weiter probiert und nicht aufgegeben.

So habe ich es ganz natürlich gelernt.

Sicher weil ...

... ich mich bei Dingen, die mir nicht liegen, stärker bemüht habe.

Es ist fast so, als wäre ich wieder auf der Akademie.

Klack

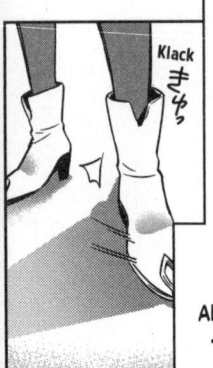

Aber ...

... ich glaube, jetzt strenge ich mich viel mehr an.

Eine Tasse hält man

Streng dich an.

Meine Finger tun weh!

Immer von außen ...

Schau nicht auf den Boden ...

Und jetzt ...

... kann ich viel Neues.

Das Problem ...

Ich weiß ...

Beim Tanzen bin ich eine Null ...

Die Etikette hast du drauf.

Bamm

Danke!
Du hast dich wirklich sehr bemüht, Luke!

Ich werde bleiben und noch üben.

Geh schon mal ...

Nein.

Morgen ist der große Tag.

Es ist wichtig, dass du ausgeruht bist.

Geh du auch nach Hause.

Aber ...

Als Partnerin könnte ich Luke schlecht dastehen lassen ...

Drück

Und wenn ich dich damit lächerlich mache?

Schon gut. Ich gleiche das aus.

Was, wenn ich falsche Schritte mache?

154

Noel, mit dir ...

Das wäre auch okay.

... wäre selbst das eine gute Erfahrung.

Flatter

Wah!

Er hat sich jede Menge Notizen gemacht.

Er hatte in dem Tanzlehrbuch zahlreiche Seiten markiert.

Hat er sich etwa nur für mich zu Hause vorbereitet?

Das gehört doch nicht zu Lukes Arbeit.

Flapp

...muss ich morgen Walzer tanzen können, damit Lukes Bemühungen nicht verge- bens waren.

Ach, Noel. Komm mal her.

Quietsch

Ich bin Noel Springfield.

Ich wollte mich für den Ball vorbereiten ...

Plapper Plapper

WOOOW!

Leticia sieht wunderschön aus!

Eine richtig erwachsene Frau!

Klack

Willst du dir selbst ein Kleid aussuchen und dich schminken?

Luke hat etwas für dich bereitlegen lassen.

Alles in Ordnung!

160

Ich habe heute doppelt so viele Polster im BH!

?!

Ich habe mich informiert, was man als sexy erwachsene Frau trägt!

Über-lass das den Profis.

Grapp

Herr Luke hat uns aufgetra-gen, Sie hübsch zu machen.

Schnips

Erst mal ...

... weg mit den Pols-tern.

Wupp

Wupp

Häää?!

Das Kleid muss zur Größe passen.

Am Wichtigsten ist die Balance.

Die Haare müssen sorgfältig und langsam gekämmt werden.

Das Make-up soll natürlich wirken ...

... aber dennoch ordentlich sein.

Fertig.

Warte-
raum
der
kaiser-
lichen
Hof-
magier

Make-up
ist wie
Magie.

Ha
ha
...

Ha
ha
ha!

Fwit

Fwit

Luke
wird sicher
überrascht
sein.

Badamm

Schau
her!

Ja.

Du
siehst
hübsch
aus.

Das
ist meine
wahre Ge-
stalt!

... nehmen weitere fünf Adamantium-Rang-Magier ...

Vorsicht ist besser als Nachsicht.

Zusammen mit Gruppenführer Gawain auf Magus-Rang ...

Hrng

Seid also ständig auf alles gefasst.

... aus anderen Einheiten an diesem Groß-einsatz teil.

Das ist alles!

Jawohl!!!

Pomm

Mach dich locker, Neue.

Das ist meine erste große Aufgabe.

Drück

Ich habe den Ball der Scharlachroten Rose immer geliebt.

Aufgeregt

Ich muss mich anstrengen.

Ich zähle auf dich, Noel Spring-field!

Wir helfen dir. Gib einfach dein Bes-tes.

Du darfst Fehler machen.

Er zählt auf mich!

J...

Ja!

Sst

Wollen wir dann mal los ...

Na gut.

Aus der Zaubergilde verstoßen

Mein Neuanfang als königliche Hofmagierin

Kapitel 5

Batsch

Bamm

Bamm

Alles gut! Gruppen-führer Gawain zählt auf mich.

Ich werde diese Schutz-aufgabe perfekt machen!

Alles in Ordnung, Noel?

Huch?

ざわ...
Plapper

Plapper
ざわ

Plapper
ざわ

Plapper

Hi hi hi

Aber ganz sicher wird Luke lange vor mir verdächtige Personen ausmachen können!

Wie kann er das sagen? Als Neue wird doch Hoffnung in mich gesetzt!

Du bist Milliarden Mal stärker.

Ich habe verloren.

Buhu ...

Du bist Millionen Mal eleganter.

Hervorragend!

Das hatte ich von dir erwartet! Neue, du bist viel besser als Luke!

Du bist es!

Aber sollte ich ...

Große Leistung

Ich ergebe mich.

Täter

... den Täter finden und einfangen ...

Danach werde ich dann zur Herrscherin der Welt ...

... und alle werden Lobeshymnen auf mich anstimmen ...

Ach, Meisterin Noel! Du bist eine so starke und sexy Magierin!

Ist die Fantasie wieder mit dir durchgegangen?

Luke, da du mein Freund bist, werde ich dir die Hälfte der Welt abgeben.

Du kannst mir dafür dankbar sein.

Wie geht es deinen Füßen?

Puh.

Wir können kurz Pause machen.

Es wird Zeit für die Ablösung.

Knurcks

Pausenraum

Ich bin nicht an hohe Absätze gewöhnt ...

Autsch ...

Zing

Zing

Wer schön sein will, muss leiden, was?

Allein das Gehen ist schon schwer ...

Ich werde mindestens so viel leisten wie Luke ...

Soll ich das Make-up auffrischen?

Nur weil meine Füße wehtun, gebe ich nicht auf.

Ich erwarte nicht, dass du Gegner erkennen kannst, Noel.

Fwiiiiuh

Badamm

Nein, falsch.

Das ist ...!

Was ist das für ein Geruch?

Er ist äußerst süßlich ... Ist das Berga-motte?

Gatschack

Luke!!

... Magiesteine und Bergamotte wurden anscheinend vermischt.

... Hexenkraut, Alraune ...

Zermahlenes Horn eines Zweihorns ...

Das ist ...

Was ist denn los?

Es riecht leicht nach magischer Medizin.

Dieser Butler genießt Vertrauen am Hofe.

Was will man von ihm?

Da bin ich ja froh ...

Keine Sorge. Er wurde nur in Schlaf versetzt.

Er verteilt Gläser mit Wein.

Wenn er ein langsam wirkendes Gift hineingibt ...

... kann er sicher und einfach seine Zielperson ermorden.

Damit geht es nicht ...

Swit

Wah!

Bitte! Wir müssen es rechtzeitig schaffen ...

Darf ich den Zauber brechen, der auf mir liegt?

Das alles wurde für den heutigen Tag vorbereitet.

... mag dich lieber, wie du sonst bist.

Aber ich ...

... hat Menschen, denen er wichtig ist.

Und jeder Anwesende ...

Gnarz

Ritsch

Aber es geht hier um Menschenleben.

Klack

Schade um das Kleid und die Schuhe.

Daher darf ich nicht zulassen ...

... dass jemand ermordet wird!

Pling

Es sind zu viele Personen.

Es geht nicht.

Da! Auf der Tribüne!

Ich muss ihn schnell aufhalten. Dann komme ich zu spät.

Butler → Noel

Um die Plätze zu erreichen ...

... müsste ich aus dem Saal und die Treppe hinauf laufen.

Aber dann ...

Gnnh

Fwooomm

Magic Barrier!

Ich habe eine äußerst dumme Idee.

Wenn ich sie jemandem erzähle, würden mich alle auslachen. Wenn es schiefgeht, könnte ich mich schlimm verletzen.

Und trotzdem ...

Dies ist hier meine erste große Aufgabe.

Ich war deprimiert, weil ich Nichtsnutz genannt wurde.

Trotz des Gegenwinds hat mein Freund sich für mich eingesetzt.

Mein Vorgesetzter zählt auf mich, obwohl ich nichts vorzuweisen habe.

Ffft

Ich habe in allen Richtungen magische Barrieren um mich aufgebaut ...

... und jetzt ...

Bamm

... muss ich es machen!

Hä?

Was hast du mit Prinzessin Andalucia von Neunzoller vor?!

Hä?

Du wirst für diese Dreistig-keit bü-ßen!

Haben die Ritter in ihrem Gefol-ge irgendwas falsch ver-standen?!

Fortsetzung folgt in Band 2

Deutsche Ausgabe / German Edition
Altraverse GmbH – Hamburg 2024
Aus dem Japanischen von Lasse Christian Christiansen

BLACK MADOGUSHI GUILD WO TSUIHO SARETA WATASHI,
OUKYU-MAJUTSUSHI TOSHITE HIROWARERU
WHITE NA KYUTEI DE, SHIAWASE NA SHINSEIKATSU WO HAJIMEMASU! VOL. 01
©2022 Shusui Hazuki, necömi, Yasuyuki Torikai/SQUARE ENIX CO., LTD.
First published in Japan in 2022 by SQUARE ENIX CO., LTD.
German translation rights arranged with SQUARE ENIX CO., LTD.
and Altraverse GmbH through Tuttle-Mori Agency, Inc.

Redaktion: Bettina Lahrs
Herstellung: Katharina Kaven
Lettering: Vibrant Publishing Studio

Druck: Nørhaven A/S, Viborg
Printed in Denmark

	MIX
FSC www.fsc.org	Papier | Fördert gute Waldnutzung FSC® C104608

www.altraverse.de